ACTES SUD JUNIOR

est dirigé par Madeleine Thoby

COMPTINES
À CROQUER

Du même auteur

Outre les titres parus chez Actes Sud Junior

101 Poésies et Comptines
BAYARD

en CD et cassette
Contemimes
101 Poésies et Comptines
AUVIDIS

Du même illustrateur

Mon premier livre de chansons
LAROUSSE

La Famille Croco
LITO

Le Petit Poucet
MANGO

Princesse Mercredi
GRASSET

Mes premières légendes :
Les Trésors
Les Arbres
HACHETTE

Comptines à mimer
Comptines pour avoir bonne mine
ACTES SUD JUNIOR

ISBN 2-7427-0733-6

Loi 49-956 du 16 juillet 1949
sur les publications destinées à la jeunesse

Les Petits Bonheurs

CORINNE ALBAUT

COMPTINES À CROQUER

Illustrées par
SERGE CECCARELLI

ACTES SUD JUNIOR

Pour Charles et Maxence

La barbe à papa

Jamais je n'ai vu un papa
Avec une barbe comme ça !
Elle est rose, elle est gonflée
Comme un oreiller.
Elle ressemble à un nuage,
Mais pas un nuage d'orage,
Un nuage de beau temps.
Et quand on croque dedans,
On n'avale que du vent.
La barbe à papa
C'est comme ça !

Couleurs bonbons

Lorsque je suis en colère,
Je croque des sucres d'orge verts.
Lorsque je suis un petit ange,
Je suçote des sucettes orange.
Lorsque je me sens tout chose
Je mâchonne des boules de gomme roses.
Lorsque je me sens très bien
Je me régale de caramels bruns.
Lorsque je veux que tout bouge
J'avale des berlingots rouges.
Lorsque je suis de bonne humeur
Je dévore toutes les couleurs.

Un appétit d'ogre

J'ai mangé tout un mouton,
J'ai dévoré un cochon,
Une chatte et ses chatons,
Une poule et un dindon,
Un poireau, un potiron,
Une orange et un oignon,
C'est vrai, je te le jure !
Mais en pâte d'amandes, bien sûr !

Le caméléon bonbon

Léon le caméléon
Ne mange que des bonbons.
Et comme il est très farceur,
Il se déguise
En friandise
Et devient de la couleur
Du bonbon qu'il a choisi.
Rouge fraise ou noir cachou
Jaune banane, blond roudoudou.
Assez étrange, non,
Ce caméléon ?
En somme,
C'est mystère et boule de gomme !

Les confitures

Au printemps je te conseille
De la gelée de groseilles,
En été je te propose
De la confiture de roses,
En automne je te donne
De la compote de pommes.
En hiver ce qu'il te faut
C'est un gros pot d'abricots !

Les chaussons aux pommes

Ces petits chaussons
Ne sont pas pour tes petons.
On ne les achète pas
Chez le marchand de chaussures.
On ne choisit pas
Leur couleur ni leur pointure.
Ces petits chaussons,
On les croque, et c'est bon !
Sais-tu comment ils se nomment ?
Chaussons aux pommes !

La tartine coquine

De quel côté
Est-elle tombée
Ma tartine,
La coquine ?
De quel côté
Est-elle tombée ?
Bien sûr,
du côté beurré !

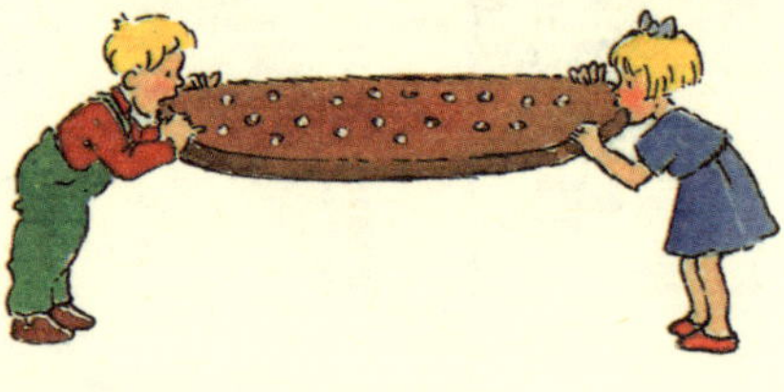

Le gâteau sec

C'est fou ce qu'on peut faire avec
Un gâteau sec !
On peut en grignoter les coins
Un deux trois et quatre, ou bien
Croquer d'abord un côté
Puis le côté opposé.
On peut le casser tout net,
L'émietter dans une assiette
Ou le tartiner de beurre
Pour qu'il soit encore meilleur.

Les gâteaux toqués

Des gaufrettes frét-illantes
Des galettes ét-onnantes
Des petits fours four-rés
Des petits beurres beur-rés
Des macarons ronds-ronds
Des puddings ding-dung dong
Des babas ba-riolés
Des beignets niais-niais !

Le jardin à croquer

Dans ce jardin-là
Les arbres sont en sucettes,
Les bassins de menthe verte,
Les allées
Sont parsemées
De galets ronds en nougat.

Dans ce jardin-là,
Les fleurs sont en fruits confits,
Les feuillages en biscuits,
La tonnelle
En caramel
Et la terre en chocolat.

Les biscuits de papy

Dès qu'on a le dos tourné
Mon papy file aussitôt
Vers le grand placard vitré
Où l'on range les petits gâteaux.
Il chipe deux ou trois biscuits
Pour les grignoter avec
Une tisane à l'anis.
Où ?
Dans la bibliothèque.
Je l'ai vu, je vous le dis.
Chut ! C'est son secret à lui !

Le gâteau d'anniversaire

Maman a fait pour moi
Un gâteau très spécial.
Ni galette des Rois,
Ni crêpes de carnaval,
C'est un gâteau garni
De crème et de bonbons.
Il y a cinq bougies
Qui entourent mon nom.
Vous l'avez deviné, j'espère,
C'est mon gâteau d'anniversaire !

Le défilé des bonbons

Les bonbons s'en vont par deux,
En chantant à qui mieux mieux.

Bergamote et papillote,
Berlingot et coquelicot,
Fruits confits, sucre candi,
Sucette et violette.
Caramel, bonbon au miel,
Boule de gomme et chewing-gum,
Calisson, réglisse en rond,
Chocolat et nougat.

Les bonbons se mangent par deux
Et par trois, c'est encore mieux.

Le pain surprise

Qu'y a-t-il dans ce pain-là ?
Une surprise, une surprise !
Qu'y a-t-il dans ce pain-là ?
Un œuf sur le plat ?
Non, ce n'est pas ça !
Une tranche d'ananas ?
Non, ce n'est pas ça !
Une barre de chocolat ?
Mais oui, c'est bien ça !
C'est un pain au chocolat.

GLACES

Elle fond, fond, fond

Elle est gelée toute l'année,
Elle aime le froid de l'hiver,
Et ne supporte pas l'été.
C'est pourtant là qu'on la préfère.
Sous le soleil c'est si bon !
Hélas, elle fond, fond, fond !
Au chocolat ou au café,
A la vanille ou au citron,
On la vend dans des cornets
Ou des petits pots de carton.
Sous le soleil c'est si bon !
Hélas, elle fond, fond, fond.

Les pommes d'amour

Les pommes d'amour
C'est blanc dedans
Et rouge autour
Et tout croquant.

On les achète à la fête,
Sur la place du marché,
Dans la boutique à roulettes
Qui ne vend que du sucré.

Elles sont plantées
Sur leurs bâtons,
Rondes et gonflées
Comme des ballons.

La crêpe

Crêpe, crêpe, je t'en prie !
Veux-tu revenir ici !

Allez, au fond de la poêle,
Pour cuire des deux côtés.
Ne saute pas jusqu'aux étoiles,
On t'attend pour le goûter.

Tu n'es pas une hirondelle,
Il te faudra retomber.
Pour voler, il faut des ailes,
Toi, tu ne sais que sauter !

Crêpe, crêpe, je t'en prie !
Veux-tu revenir ici !

La moustache en chocolat

Qui se cache
Derrière cette moustache
En chocolat ?
Ce n'est ni papy ni papa,
Derrière cette moustache-là,
Coucou, c'est moi !

Le goûter

Petit robot, pour mon goûter,
Fais-moi des crêpes bien sucrées.

Petit robot, je t'en prie,
Fais-moi de la crème Chantilly.

Petit robot, je te demande
Un cake à la poudre d'amandes.

Petit robot, donne-moi
Un bol de mousse au chocolat.

Petit robot, pour mon goûter,
Fais ce que j'ai demandé !

Tutti frutti

Tutti frutti,
Bonbons aux fruits !
J'en ai rempli tout un sac,
Des qui croquent et des qui craquent,
Des qui piquent et des qui collent,
Des tout tendres en pâte molle,
Des tout-sucre et des tout lisses,
Des qui grattent et des qui glissent,
En papillotes ou en vrac,
J'en ai rempli tout un sac !

Les caramels pêle-mêle

Qu'est-ce qui fond
Dans les menottes ?
Qu'est-ce qui colle
Les quenottes ?
Ce sont les caramels mous.
En carrés, en papillotes,
On les mâche, on les suçote
Et ça coule un peu partout.
Fondants comme des griottes,
Sucrés comme des bergamotes,
C'est ce qu'il y a de plus doux.

Les petites faims des petits nains

Que veux-tu Joyeux ?
Des bonbons tout bleus.
Que veux-tu Dormeur ?
Un croissant au beurre.
Que veux-tu Simplet ?
Juste un verre de lait.
Que veux-tu Timide ?
Euh, des arachides.
Que veux-tu Atchoum ?
Un sac de loukoums.
Toi, que veux-tu Prof ?
Une part de kouglof.
Et toi, Grincheux,
Qu'est-ce que tu veux ?
Moi, je veux du pot-au-feu.

Le chocolat

Le chocolat, c'est parfait,
En Pères Noël et en sapins,
En sabots, en pommes de pin,
En œufs de Pâques et en lapins,
En cloches, en poules
Et en poussins.
On le croque aussi en carrés,
On le boit chaud pour le goûter.
Le chocolat, c'est toute l'année.

Les deux brioches

Deux brioches dorées
Cuisaient côte à côte
Dans le four du boulanger.
L'une dit à l'autre :
Je gonfle mieux que vous !
Vous plaisantez ma chère !
Ah mais non, pas du tout.
Vous êtes plutôt plate
Et moi je me dilate.
Et patati et patata
Et voilà ce qui arriva :
A force de se disputer
Elles se mirent à enfler
Et éclatèrent toutes deux.
On ne retrouva ni les œufs
Ni la farine ni le lait
Et c'est bien fait !

Douceur de miel

Pour fabriquer du miel,
Prendre un rayon de soleil,
Le laisser fondre doucement
En dessinant
Des serpentins
Sur une tranche de pain.
Mais avant, un bon conseil,
Allez voir chez les abeilles
Ce qu'elles ont
En rayon !

La pièce montée

Au mariage de mon tonton,
J'ai vu une pièce montée
Qui touchait presque le plafond
Toute en petits choux fourrés,
Avec, au sommet de la tour,
Les deux mariés,
Entourés de dragées
Et de boules argentées.
Je trouve que c'est beau l'amour,
Et surtout les pièces montées !

Cache-cache images

Clin d'œil de l'illustrateur
Sur chaque grande image
tu dois retrouver un dessin
qui se cache au fil des pages.
Sois malin, cherche bien !
Alors, es-tu observateur ?

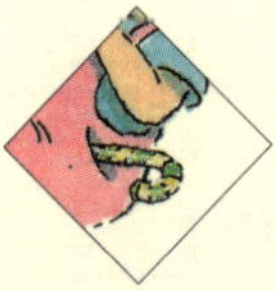

Table des matières

Ouvrage réalisé par
l'agence Repères communication
Reproduit et achevé d'imprimer
en janvier 1998
par l'Imprimerie Floch
à Mayenne
sur papier des
Papeteries de Jeand'heurs
pour le compte des éditions
ACTES SUD
Le Méjan
Place Nina-Berberova
13200 Arles

Dépôt légal
1re édition : novembre 1995
N° impr : 42882
(Imprimé en France)